पापा
PAPA

About the Author

Abir Anand comes from one of the numerous small towns of India, located in the Tarai region of UP. He completed his schooling from Sainik School Ghorakhal, Nainital and graduated from HBTI Kanpur. He also attended IIT Kharagpur for his incomplete post-graduation before completing his PGDM from Indian Institute of Management, Calcutta.

He has extensively worked with various sectors in the Industry ranging from Steel, Oil and Gas and Automotive to Specialty Chemicals. Currently, he is working with a listed chemical manufacturing company.

He has recently published his collection of short stories 'सिर्री' (Meaning 'Insane').

E-mail : abbir.anand@gmail.com

पापा
PAPA

Abir Anand

ZORBA BOOKS

ZB

Published in India by Zorba Books, 2017

Website: www.zorbabooks.com
Email: info@zorbabooks.com

ISBN Print Book - 978-93-86407-49-8
ISBN eBook – 978-93-86407-50-4

Zorba Books Pvt. Ltd.(opc)
Gurgaon, INDIA
Printed at Repro Knowledgecast Limited, India

Contents

विषय	PAGE	SUBJECT	PAGE
Exams	14	इम्तहान	15
Pennies	16	चवन्नी	18
Sapling	20	पौधा	21
The Fist	22	मुट्ठी	23
Caution	24	नसीहत	25
Answer Sheet	26	उत्तरमाला	27
Peanuts	28	मूँगफलियाँ	29
Dialogue	30	बात	31
Sleep	32	नींद	33
Relief	34	राहत	35
Cheers	36	चियर्स	37
Sobriety	38	सादगी	39
Letters	40	चिट्ठियाँ	41
Confession	42	मुजरिम	43
Report Card	44	रिजल्ट	45
Tear Drop	46	बूँद	47
Fear	48	डर	49
Father	50	बाप	51

Fruits	52	फल	53
Complaints	54	शिकायत	55
Water Sack	56	मशक	58
Seed	60	बीज	61
Caught	64	धप्पा	65
The Pilgrimage	66	तीर्थ	68
Linen	70	चादर	72
Injury	74	चोट	76
Gulmohar	80	गुलमोहर	81
Theist	83	आस्तिक	86
The Wooden Bridge	88	कठपुला	89
Earliear	90	पहले	91
Share	92	हिस्सा	93
Needo	94	नीडो	96
Stapu	98	स्तापू	99
Will	100	वसीयत	102
Tickle	104	गुदगुदी	105
Paper Boat	108	नाव	110
Ailments	111	रोग	113
Skill	115	गुर	116
Quiet	118	चुप	119
Images	120	अक्स	121
Quilt	122	लिहाफ	123
Let Go	126	हार	127

School	128	स्कूल	129
The Folds	131	सलवटें	132
Reins	134	लगाम	135
Mornings	136	सबेरे	137
Cry	138	रोना	139
Notes	140	पुर्जे	141
Rains	142	बरसात	144
Mother	146	माँ	148

समर्पित

पापा, तुम्हारा आदर्श होना ज़रूरी नहीं है।

तुम्हारा पिता होना काफी है।

माँ, जिसके बिना पापा पापा नहीं हो पाते।

अहान,मुझे पितृत्व सिखाने के लिए।

विनीता, इन रिश्तों का तानाबाना बुनने

और उसे बनाए रखने के लिए।

DEDICATED TO

Papa, it isn't necessary for you to be ideal.

Being father is sufficient.

Mother, without you father couldn't have been papa.

Ahaan, for teaching me to be a father.

Vinita, for weaving them all into relationships

याद रहा...

चमड़े के जूतों की वह पहली जोड़ी, जिसके लिए मोची की कॉपी पर पैर रखकर नाप दिया गया था। मास्साब ने सिखाया था कि विद्या को पैरों से नहीं छूते और अगर गलती से छू जाए तो उसे माथे से लगाकर नमन करते हैं। मोची की उस कॉपी को माथे से लगाना याद रहा...

उस मस्जिद में मैं अकेला हिन्दू लड़का था जो मौलवी से उर्दू सीखने आता था। अलीगढ़ यूनिवर्सिटी के स्कूलों में तब उर्दू अनिवार्य थी। मस्जिद में सब मुस्लिम छात्र फर्श पर बैठकर पढ़ते थे। अपने साथ चारपाई पर बिठाकर मौलवी का मुझे उर्दू सिखाना याद रहा...

वी पी सिंह की रैली में, उम्र से बड़े लोगों से झगड़कर उस लोहे के ड्रम से कोल्ड ड्रिंक की बोतल सफलतापूर्वक चुरा लाना याद रहा...

यूँ तो कसबे में कई लोग थे जो दूध बेचते थे। वह गाँव कसबे से खासा दूर था। पाँचवीं क्लास में, जबकि जानते थे कि शादी के लिए इक्कीस साल का होना ज़रूरी है, उस वन विभाग वाले अफसर की बेटी के पीछे–पीछे उसी दूधवाले के यहाँ से, जहाँ वह जाती थी, दूध लाना याद रहा...

कभी–कभी सुबह खुशकिस्मत होकर जागती थी। ऐसी कुछ खुशकिस्मत सुबहों में पापा बड़ी ख़ुशी से 'मेलरोज' की ब्रेड लाने के लिए पैसे दे देते थे। कटोरी भर चाय में उस ब्रेड का देर तक पड़े रहना याद रहा...

बड़े होकर वे सब खुशियाँ मिलीं जो शायद सोची भी नहीं थीं। तारीख भी मोबाइल फोन को खड़का कर देखनी पड़ती है, अक्सर यूँ मुँह जबानी याद

Remained in my memory...

Measurement of size for my first pair of leather shoes was taken on the pages of cobbler's note pad. Teachers had taught that a thing of knowledge should not be touched by feet. And if touched mistakenly, one has to touch it with his forehead to restore its value. Touching that note pad with my forehead remained in my memory...

I was the lone Hindu boy visiting that Mosque for learning Urdu. Urdu was compulsory to get admission in schools of Aligarh Muslim University. All other Muslim students in that mosque would sit on floor. Sitting beside that revered Maulvi on a cot and learning Urdu remained in my memory...

In that political rally of V P Singh, fighting with elders for stealing bottle of cold drink remained in my memory...

There were other milk sellers in the town too. That village was at a distance from the town. In fifth standard, knowing well that the eligible age of marriage for a male is 21 years, chasing that girl all along at the pretext of getting milk from the same seller that she used to get, remained in my memory...

Some mornings would awaken fortunate. In those fortunate mornings, we had the liberty to have 'Melrose'

Exams

The life doesn't end,
Because the children have grown up.
The examinations would still continue,
The questions would still haunt,
May, be I will tackle them all...

Enclosed in a dingy mosquito net,
In the flickering flame of that night lamp,
You would hold my fingers,
Against my struggle with words.
May be, I will win;
But in that victory,
I will seek its meaning,
Once you are gone.

इम्तहान

बड़ा हो जाने भर से,
ज़िन्दगी खत्म तो नहीं होती।

इम्तहान और भी होंगे,
सवाल कुछ और आएँगे।
मगर उस बंद मच्छरदानी में,
लैंप की टिमटिमाती लौ में,
किताबों से मेरे संघर्ष में,
अब तुम नहीं होगे।

कि शायद जीत भी जाऊँ,
मगर इस जीत के माने,
तलाशूंगा मैं उम्र भर,
तुम्हारी रहबरी खोकर।

Pennies

Mother would perhaps never know,
But today, I feel like telling her.
Why the stitches of your shirt pocket,
Would not hold for long.
And why only a few stitches,
Good enough for a coin to slip through,
Would the mice eat into.

Once papa had even rebuked her,
Why she can't do the stitches properly.
Puzzled, mother would just wonder,
Why just a few days before the festivals,
Her strong threads would begin to give way.

Pennies, saved from Mother's vegetables,
Pennies, stolen from father's pocket,
And pennies,
Deftly pulled from sister's piggy box,
Are all lost as we grew.

Affluence has taken them all, away
And growth has taken away
All the mischiefs
That would skillfully cut the stitches,
Using a blunt razor blade.

This Diwali, I feel
I should unravel to Mother,
The mystery behind papa's holed pockets.
I am sure the pennies,
Tightly held in the knot of her saree,
Are still awaiting me.

चवन्नी

माँ को शायद कभी पता ही न चले,
पर आज जी करता है, बता ही दूँ उन्हें।
कि पापा की कमीज़ की
ऊपरवाली ज़ेब की सिलाई,
क्यों नहीं ठहरती थी ज्यादा दिन?
और क्यों,
सिर्फ चवन्नी के फिसल जाने भर की
गाँठें कुतरता था चूहा।
एक बार तो डाँटा भी था पापा ने,
कैसी सिलाई करती हो,ठहरती ही नहीं?
और माँ हैरान होती कि, क्यों
सिर्फ त्यौहारों के पहले,
सिलाई का धागा
नाज़ुक हो जाया करता था।

माँ की सब्जियों से बचाई गई चवन्नी,
पापा की जेब से चुराई गई चवन्नी, और
मासूम गुड़िया की गुल्लक से,
जुगत लगाकर सरकाई हुई चवन्नी।

अमीरी चवन्नियाँ उड़ा ले गई,
और उम्र वो शरारतें ले गई,
जो पुराने ब्लेड की मोथरी धार से,
जेब के टाँके बखूबी उधेड़ती थी।

इस दीवाली पर सोचता हूँ
बता दूँ माँ को,
पापा की कटी हुई ज़ेबों का रहस्य।
साड़ी के पल्लू में बँधी कोई चवन्नी,
क्या जाने, अब भी मेरी राह देखती हो।

Sapling

Every morning I see you
Watering the plants,
In the mud pots kept on the roof top,
And In the lawn.
A pang of uneasiness creeps
Through my mind.
Swaying their tiny sprigs,
Offering a flourishing smile,
They welcome you.
With a towel hung around your waist,
Every morning, when you approach them
Holding a can filled with water.

I cherished this desire,
To take you along with me.
Desire, that you stay with me forev
But you wouldn't agree.

'Who would water these plants?'
You would ask.

There is a sapling,
Far away from you, all alone
And it has been years
That you watered it.

पौधा

सुबह उठकर तुम्हें,
पानी लगाते देखता हूँ पौधों को।
न जाने क्यों मगर,
एक टीस सी उठती है दिल में।
बहुत खुश होते हैं ये,
लहलहा उठते हैं तुमको देखकर;
हर सुबह, कमर में तौलिया बाँधे
कि जब तुम पानी देते हो इन्हें।

बहुत मन था,
मैं अपने साथ ले जाऊँ तुम्हें।
और अपने पास ही रखूँ हमेशा,
मगर तुम नहीं माने;
कहा कि सूख जाएँगे ये पौधे,
'अगर हम चले जाएँगे...
...तो पानी कौन देगा?'

एक और भी पौधा है,
जो शायद दूर है तुमसे;
जिसे अरसा हुआ,
तुमने सींचा ही नहीं।

The Fist

Today, the way I had scolded my son
You would scold me often,
When, engrossed in my playful thoughts,
My finger would leave your fist unaware,
Walking down a busy lane.

It's been ages you scolded me,
I am sure your fist
Still holds my finger.

मुट्ठी

जैसे आज अपने बच्चे को झिड़का था मैंने;
यूँ ही झिड़क देते थे तुम मुझे,
सड़क पर चलते वक़्त, जब
मैं तुम्हारी उँगली छोड़ दिया करता था,
अपनी ही उधेड़बुन में रमा।

एक अरसा हुआ, तुम्हारी डाँट सुने।
मुझे यकीन है कि तुम्हारी उँगली,
अब भी मेरी मुट्ठी में है।

Caution

Your instructions would turn into preaches.
For almost everything,
You would have some caution to advise.
Even for bursting a tiny cracker on Diwali.
'Carefully', 'One by one', 'Maintain distance',
Amidst the pleasant season of festivals,
You wouldn't spare spoiling our mood.
'Having lit candles and lamps...
Why don't you shut yourself in a room',
We would think.

A minor spark from fire sparkler,
Had caught my kid's palm yesterday,
While bursting crackers on Diwali.
In my heart I cursed myself,
Almost a million times,
Why I hadn't advised him to exercise caution.

नसीहत

कितनी नसीहतें थोपते थे तुम,
एक छोटा सा पटाखा फोड़ने के लिए?
'संभल कर', 'दूर से', 'एक एक करके',
दीवाली के खुशनुमा माहौल में भी,
गुस्सा आता था तुम पर।
'जरा—जरा सी बात पर टोकते हो'
दिये और मोमबत्तियाँ जलाकर चुपचाप,
कमरे में बंद क्यों नहीं हो जाते?

फुलझड़ी की एक चिंगारी,
मेरे बच्चे की हथेली पर चिपक गई थी;
कल दीवाली की रात पटाखे चलाते वक्त।
मन ही मन मैं खुद को घंटों कोसता रहा,
कि मैंने उसे टोका क्यों नहीं।

Answer Sheet

You would scrutinize every answer,
To the questions of my school homework,
As if you understood them all.
Disguising your cursory pencil moves,
On my wavery handwriting,
You would verify the answers
With answer sheet,
And say 'Alright'.

Half of the questions
In this homework of life are over,
And there is no answer sheet here.
I am waiting for you to review it all,
With your sharp pencil and say,
It's 'alright'.

उत्तरमाला

हर एक सवाल जाँचते थे तुम,
स्कूल में दिए गए होमवर्क का।
जैसे सब कुछ समझ आता था तुम्हें,
मेरी डगमगाती लिखावट पर,
सरसरी पेंसिल घुमाते थे।

और फिर,
किताब के आखिरी पन्नों पर,
उत्तरमाला से उत्तर मिला कर कहते थे,
'सही है'।

आधे से ज्यादा सवाल ख़त्म हो गए,
हल करते करते,
पर ज़िन्दगी की इस किताब में,
उत्तरमाला वाले पन्ने ही ग़ायब हैं।
अपनी नुकीली पेंसिल
एकबार फिर से घुमा दो,
और कह दो...
....कि सब सही हैं।

Peanuts

It's not about the place,
Neither the soil,
Nor water.
It's the touch of your gentle fingers,
That you sweep to fill,
A handful of them,
In that small paper sack,
That bestows the taste to peanuts.

मूँगफलियाँ

जगह का कुछ नहीं होता,
न मिट्टी का,
न पानी का,
अपनी हथेली से बुहार कर,
जो पापा ने खोखे में भरी हैं,
बस उन्हीं मूँगफलियों में स्वाद आता है।

Dialogue

If nothing,
The sonorous jingle of coins
In your pocket,
Would entice me
To initiate a dialogue,
When I would lie for saving a few pennies.
You would send me to buy a packet of bidis.

The currency notes in my purse,
Lie idle the whole day,
Hundreds of these notes seem inadequate,
To buy the dialogue
Held over pennies.

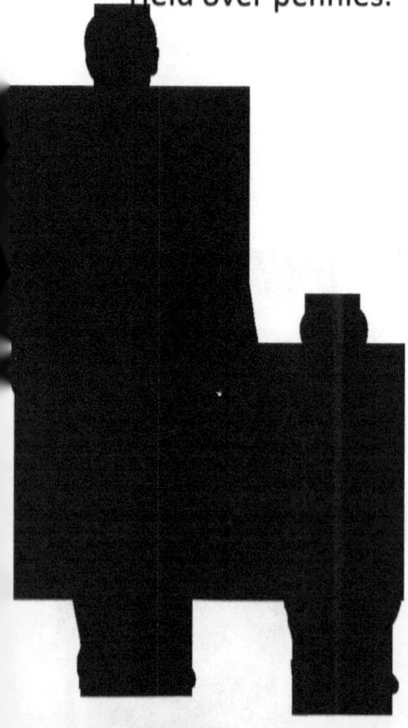

बात

इस बहाने भी हो जाती थी 'बात',
एकाध बार दिनभर में,
कि तुम बीड़ी का बंडल मँगाओगे; और मैं
चार आने बचाने के लिए झूठ बोलूँगा।

यूँ ही अलसाए पड़े रहते हैं, नोट बटुए में।
किसी दुकान पर 'वो बात' अब नहीं मिलती।

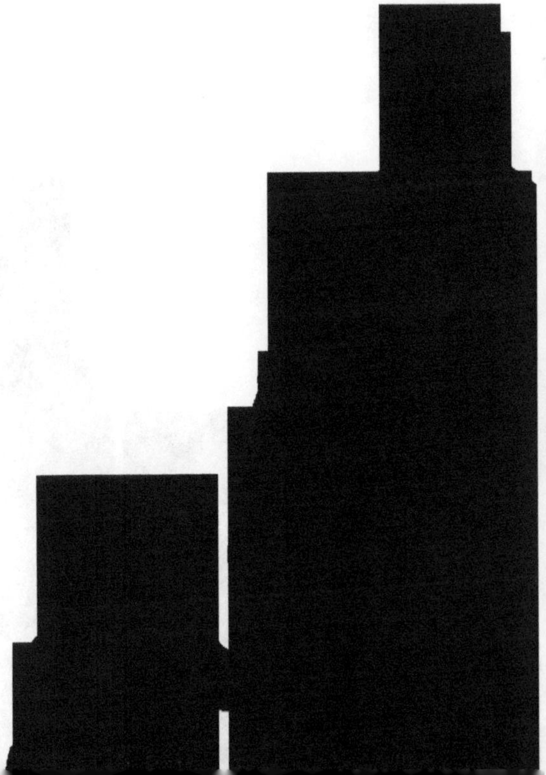

Sleep

Mother would pat me to sleep,
In the nights of those growing years,
Saying, father would be late from office.
Wonder, how I get to sleep
Even without those pats,
For years, Papa hasn't been home.

नींद

थपकियाँ दे के सुला देती थी माँ, बचपन में।
कि पापा देर से आएँगे, चलो सो जाओ।
अब न जाने रोज, कैसे आ जाती है नींद?
पापा हैं, कि सालों से घर आए ही नहीं।

Relief

I wish I could do,
But I know, that I can't.
I am too far apart to do....

Sometimes, I tender a massage
To my child's knees,
Hoping, you get some relief
From arthritic pain, papa.

राहत

करना तो चाहता हूँ,
पर कर नहीं सकता।
क्योंकि दूर हूँ तुमसे।

इसलिए अपने बच्चे के घुटनों पर,
अक्सर तेल से मालिश कर देता हूँ।
कि तुम्हें गठिया के दर्द से,
थोड़ी राहत मिल जाए, पापा।

Cheers

Mother would inaugurate
Her new set of steel glasses,
When you would invite your friends home
For a drink.
Swaying your glasses,
I would hear you,
Say 'cheers'.

My feet are too small
To fit into your shoes.
The only desire I have,
Trust me to be your friend,
Sway your peg just once,
And say 'cheers' to me.

चियर्स

स्टील के नए गिलास निकालती थी अम्मा,
जब तुम्हारे दोस्त घर आते थे।
और हमारे हिस्से की,
परवल की सूखी सब्जी से
चुनकर मसाले वाले आलू परोसती थी,
नमकीन की जगह।
जब पैग बनाकर तुम,
'चियर्स' कहा करते थे।

मेरे पैर तुम्हारे जूतों में,
कभी आ ही नहीं सकते।
बस इतनी सी तमन्ना है,
मुझे इतना बड़ा कह दो,
कि अपना जाम छलकाकर,
मैं तुम से 'चियर्स' कर सकूँ।

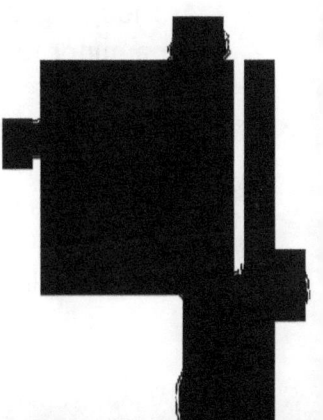

Sobriety

You look like father...
Mother says,
You have no manners,
Manners, neither for eating
Nor for dressing,
Would leave home often, uninformed.
Upon pleading for a formal dressing,
You would ignorantly ask,
For ironing your old pyjamas Like trousers.
All requests by children
To buy trousers, Have fallen on deaf ears.
It wouldn't make you look younger,
Sobriety as paramour is no good.

Old books are all kept
Laden with dust,
Dry twigs from the branches of time,
Are all kept preserved.
The coquetry of adolescence is all intact,
As though, getting bedridden
For a minor toothache.

Obliviously, you hang around,
Laden with grey hair
On the sprigs of your face.

Almost look like a father...

सादगी

अब्बा की तरह दिखते हो........
अम्मा अक्सर कहती हैं
न खाने का सऊर न पहनने का।
घर से निकलते हो, तो कुछ कह कर नहीं जाते।
कभी सज कर निकलना हुआ
तो पाजामे पर इस्तरी करते हो,
पतलून की तरह।
बच्चों ने कितनी बार कहा,
एक पतलून सिलवा लो।
कुछ हर्ज़ नहीं है, जवान तो न हो जाओगे।
सादगी पालो, ठीक है,
सौतन तो न पालो।

पुरानी किताबों पर,
आज तक धूल जमा कर रखी है।
वक़्त का एक भी लम्हा,
शाख से तोड़ कर नहीं फेंका।
बचपन की नजाकत,
आज तक सहेज कर रखी है।
गोया मर्ज़ हुआ नहीं, कि बिस्तर पकड़ लिया।
चेहरे की टहनियों पर,
सफेदी लटकाए फिरते हो ..

अब्बा की तरह दिखते हो।

Letters

In that adolescence,
A friend had taught me,
That the letters are meant to be preserved,
And that they should never be torn.
This belief settled for ever in mind,
That the letters are never torn.

There is a thick bunch of letters,
Kept in my school box,
The light blue inland letters,
And the light yellow envelopes,
That you wrote to me,
Routinely, week after week,
During those seven years,
While I stayed in hostel.
These letters, I kept preserving
Because a friend had taught,
In that adolescence,
That the letters are never meant to be torn.

Put them all on my pyre,
Along with the logs of wood.
I am afraid, behind me,
Someone might tear them.

चिट्ठियां

उस कच्ची उम्र में
किसी दोस्त ने समझाया था,
चिट्ठियाँ फाड़ा नहीं करते।
बस, गाँठ बँध गई मन में।

एक पुलिंदा रखा है,
उस काले संदूक में।
हल्के नीले रंग की चिट्ठियों का,
हल्के पीले रंग के लिफ़ाफ़ों का,
जो तुमने हर हफ्ते मुझे लिखी थीं,
नियम से, पूरे सात साल तक।
जिन्हें मैं सहेज कर रखता रहा,
क्योंकि किसी दोस्त ने समझाया था,
चिट्ठियाँ फाड़ा नहीं करते।

जला देना उन्हें भी साथ मेरे,
लकड़ियाँ देकर,
मेरे पीछे, मुझे डर है
उन्हें कोई फाड़ ना डाले।

Confession

I have the guilt of few sins,
To be confessed,
Or perhaps the mistakes I have made;
I wonder if I should approach the courts.
For there would certainly be some law,
Where mischiefs
Would be considered as sins.

Lucky are the offenders,
Who are acquitted for
A mere punishment.

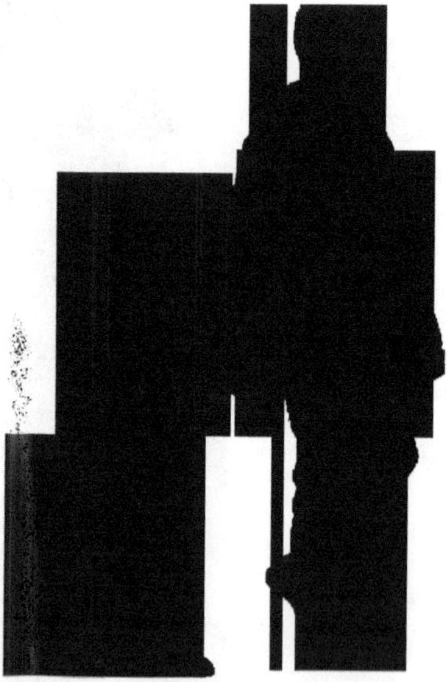

मुज़रिम

कुछ गुनाह कबूलने हैं मुझे,
कुछ गलतियाँ हुई हैं मुझसे।
सोचता हूँ किस कचहरी जाऊँ?
किसी न किसी कानून में ज़रूर,
शरारतें जुर्म कही जाती होंगी।

कितने नसीबदार होते हैं वे मुजरिम,
जो सज़ा पाकर छूट जाते हैं।

Report Card

Excited, you would walk
through the neighborhood,
Showing my report card to all.
Your chest would swell with pride,
That your son has stood first in school.
Their reactions would add,
To your effervescence.
'Your kid is very promising', they would say.
You remember what you would say?
'More than promising...
It is perseverance that matters'.

Life has become everyday struggle,
And I lose every day, almost.
Any old report card of mine,
If you have saved
Please show it

Abir Anand

रिजल्ट

मोहल्ले भर में घूम–घूम कर,
सबको रिजल्ट दिखाते थे मेरा,
गर्व से फूल जाते थे तुम,
कि बेटा क्लास में अव्वल आया है।
लोग कहते थे,
बड़ा होनहार है लड़का।
तुम्हें याद है तुम क्या कहते थे?
होनहार वह नहीं जो अव्वल आए,
होनहार वह है जिसकी हो न हार।

रोज जूझता हूँ, और हारता हूँ रोज।
मेरा कोई पुराना रिजल्ट,
तुम्हारे पास पड़ा हो,
तो दिखा दो मुझको।

Tear Drop

While sending me to boarding school,
Mother had silently cried, I remember.
You too would have cried,
At least once, I guess.
But I didn't cry, don't know why.
I remember...
Once, during holidays
Mother had asked, If I would cry
I remained silent, didn't answer,
Feared if reply would hurt her.

Today, I wish to answer her,
But there is no one to ask.
Wait! A tear drop perhaps,
Trickles down my cheek.

बूँद

मुझे होस्टल भे
रात को छुप के
मुझे याद है ।
एकाध बार तुम
पर मैं नहीं रोया
क्यों नहीं रोया,

एक बार छुट्टियों
माँ ने यूँ ही पूछ
'रोते तो नहीं ह
मैं चुप रहा, टाल
उत्तर कहीं घाव

आज सच कहूँग
कोई पूछे तो स
ठहरो!
शायद आँखों से

Fear

Fear of something
Normally subsides, as we grow up.
They say...

Fear of falling from a narrow wall
While running behind a discorded kite;
Fear of a restless cracker, on Diwali
Bursting right into our palms;
Fear of falling while running
On narrow mounds,
Stealing sugarcanes from the fields;

Fears don't subside as we grow;
Fears subside because fathers,
Continue to bless their

डर

बड़े होकर, किसी भी चीज़
अक्सर कम हो जाता है,
लोग कहते हैं.... ।

लूटी हुई पतंग पकड़ कर,
एक ईंट की पतली दीवार प
गिर जाने का डर;

दीवाली में किसी बेसब्र पटा
हाथ में फट जाने का डर;

और खेत से गन्ना चुराते हुए
पकड़े जाने के डर से,
सरपट भागते हुए,
ऊबड़–खाबड़ मेड़ों पर गिर

उम्र के साथ डर कम नहीं ।
सर पर साया बना रहे,
तो डर कम होते हैं।

Father

Lying by your side
I often ponder,
If I was a bad son
Or I am a bad father.

बाप

बाप बन के तेरे करीने लेटता हूँ
तो अक्सर सोचता हूँ,
मैं बेटा बुरा था,
या बाप बुरा हूँ।

Fruits

Fortunate most
Are the fruits,
That a father buys
For his children,
From the earnings of
A long and tiring
Day of hard work.

फल

सबसे ज्यादा खुशनसीब होते हैं
वे फल,
एक बाप जिन्हें खरीदता है,
अपने बच्चों के लिए,
एक लम्बे थकन भरे दिन की,
गाढ़ी कमाई के बाद।

Complaints

Every evening,
My complaints would await you
From all over the neighborhood,
While you are back from office.
Who all I had fought with,
Beaten and received beatings in return;
Who all I did abuse
And received abuses from.
Ashamed, you would silently
Hang your head hearing
'How vulgar his abuses are'.
With your piercing eyes
You would stare at me,
I would try to explain.
You would hear no explanation,
Would scold me loudly,
And ask me to remain shut.

No fights for years,
Nor abuses, either
Everyday from the office I return,
And stand nodded in a corner,
I await the complainants,
And await you to begin scolding...

शिकायत

तुम्हारे घर आने से पहले, हर शाम
शिकायतें राह देखती थीं,
मोहल्ले भर की।
कि किस–किस से मार पीट हुयी,
और किस से गाली गलौज?
'कितनी गन्दी गालियाँ बकता है ये लड़का?'
तुम शर्म से पानी हुए जाते थे,
घूर कर देखते रहते थे मुझको;
हर इल्ज़ाम की सफाई देना चाहता था मैं,
मगर तुम डाँट कर हर बार मुझको,
चुप करा देते थे अक्सर।

कोई झगड़ा नहीं, सालों से;
और न कोई गाली-गलौज।
रोज़ दफ्तर से आकर,
सर झुकाए खड़ा रहता हूँ यूँ ही;
कि शिकायत आती ही होगी,
कि तुम डाँटोगे मुझको।

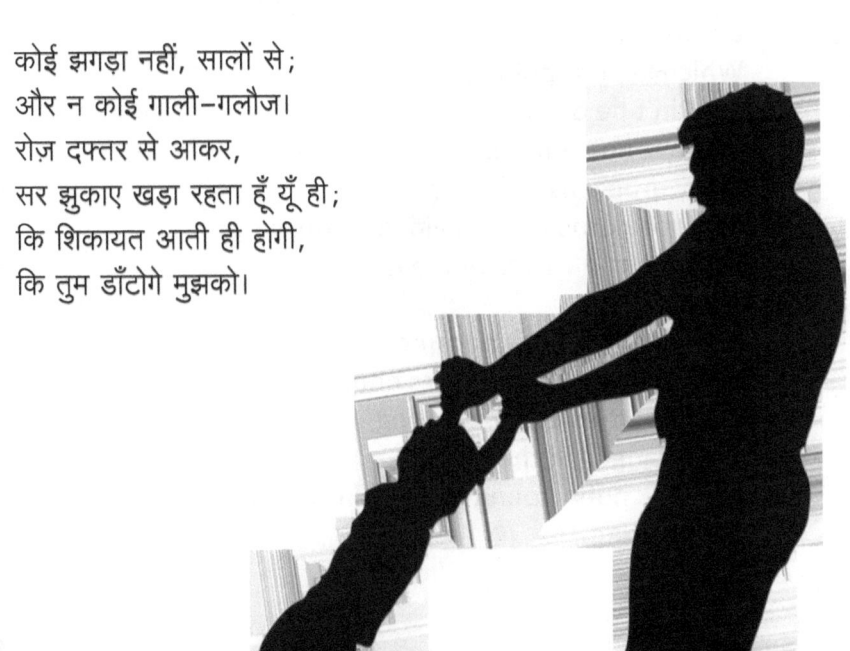

Water Sack

You had brought a cotton sack,
To keep the water cool during summers.
Refrigerators then were scarce,
And for affluent.
Pitcher you wouldn't bring,
Because it wouldn't last long,
As kids would fight over and damage it.
They had fought even over the sack.
As a result of the kids' tussle
After the radio lay dead,
The sack too was fought over.
Though, very cleverly
You had divided the stock of sack water,
But the drops
Which kept dripping on the floor
Couldn't be divided.
In those hot summers,
Every drop was priceless.
For those drops in undivided territory,
The sack too was fought over.

Refrigerators, later became affordable
Even in lower middle class homes.
Water bottles every morning,
Are arranged in them.
The sack hung upon the hook in verandah,
Is long dried.

But the sack of my soul,
Brimming with water of spirits,
Is all still wet.
It is looking for you, all around;
Empty it would be,
Thirsty when you feel.

मशक

कॉटन की एक मशक लाये थे तुम,
गर्मी के दिनों में पानी ठंडा रखने के लिए।
तब फ्रिज कम ही लोगों के पास होते थे।
मटका शायद इसलिए नहीं लाये होगे,
कि बच्चों के झगड़े में,
ज्यादा दिन चल न सके।

झगड़ा तो मशक पर भी हुआ था।
रेडिओ के शांत हो जाने के बाद,
मशक का नंबर भी आया था।
पर पापा ने बड़ी होशियारी से बँटवारा कर दिया।
पानी के कितने गिलास किसके?
पर उन बूँदों का बँटवारा नहीं हो सका,
जो रिस–रिस कर रोज़,
उस खूँटी से टँगी हुई मशक से गिरती थीं।
बूँदों पर भी झगड़ा होने लगा था।
गर्मी का मौसम, एक–एक बूँद कीमती थी।

घरों में फ्रिज आ गए,
रोज़ सुबह,करीने से लग जाती हैं,
पानी की बोतलें।
मशक खूँटी पर टँगी–टँगी कब की सूख गयी।
पर मन की मशक, भावनाओं के पानी से,
अब भी डूबी हुई लगती है।

ढूँढ़ रही है मेरी मशक तुम्हें
कि कब प्यास लगे तुमको,
और कब खाली हो।

Seed

Ever seen the Datura seed ?

Flying on the silky white wings,
The harbinger of little aspirations
Of the plant.
Unlike other plants with delicious fruits,
No one sows the Datura seeds.
It is the nomadic winds that decide,
Where their next home would be.

Close to the school
Near the remains of a stable
Of British times,
There was a colony of these plants.
The seedlings from the ripened fruits,
In those extreme summers
Would fly like eagles.
Colliding with the walls
Of nearby police station,
Or struggling against
The severity of hot winds,
Some would lose their wings.

Lucky were the seeds,
Who lost their wings early,
In that colony forever, they stayed
With relatives of their own.

Abir Anand

बीज

धतूरे का बीज देखा है?

सफेद रेशमी पंखों पर सवार,धतूरे की
मासूम महत्त्वाकांक्षाओं का उड़नखटोला।
दूसरे स्वादिष्ट फलों की तरह,
धतूरे का बीज कोई नहीं रोपता।
नीम हवाओं के इशारे
तय करते हैं,
कि बस्ती का अगला पड़ाव
कहाँ होगा।

स्कूल के बाहर,
उस अंग्रेजों के जमाने के
अस्तबल के अवशेषों के पास,
धतूरे की एक भरी पूरी बस्ती थी।
और जब गर्मियों का मौसम आता था,
तो सूखे फलों से फूटकर
निकलते बीज,
उक़ाबों की तरह मँडराते
नज़र आते थे।
कुछ के पंख उतर जाते थे बदन से,
कभी थाने की दीवार से टकरा कर,
तो कभी तेज हवा की शरारतों से।

खुशनसीब होते थे वह बीज,
जिनके पंख जल्दी उतर जाते थे।
उम्र भर उसी बस्ती में रहते थे,
अपनों के साथ।

Caught

I hear the tingling noise
Of the temple bells;
Far away, from the sugarcane mill
I hear the noise from defunct silencer
Of a speeding truck.

Holding my breath, I am hidden
Behind Manohar's pan shop.
Shadows moving incoherently,
Occasionally near, occasionally far.
'Why can't you find me papa?'
Seems, I am lost.

I begin trembling in fear.
I wish you would come
And find me with a loud 'caught'.

धप्पा

मंदिर की घंटियों का शोरगुल सुनता हूँ।
दूर, गन्ने के 'मील' से,
ट्रक के धुआँ भरे फेफड़ों के
खड़खड़ाने की आवाज़ आती है।

साँसें थामे,
मनोहर के पान वाले खोके के पीछे
छुपा हूँ मैं।
परछाइयाँ आती हैं,
चली जाती हैं।
कोई ढूँढ़ क्यों नहीं लेता मुझे?
शायद खो गया हूँ...

डर लगने लगा है,
मन चाहता है, तुम आओ
और 'धप्पा' कर दो।

The Pilgrimage

I don't know why
It never occurred to me.
Though I loved travelling,
In fact it was twin benefit;
One of skipping the school,
And the other of travelling.
Still....it never occurred to me,
Why you wouldn't take us on pilgrimage,
Just like fathers of my school friends.
They would take leave,
To go with their parents,
Vaishno Devi or Haridwar.
And I would just ponder,
When, in the name of pilgrimage
I would get a break from boring school.

I never got,

Though we could afford it.

Last month, while driving home
For a ceremony I planned to visit that town.
Reaching there in the morning
Had tea at Manohar's shop,
And met a few known faces.
And while returning back, I realized why.
For someone who had spent,

All his childhood in pilgrimage,
Vaishno Devi and Haridwar
Didn't really matter.

तीर्थ

स्कूल में अक्सर छुट्टियाँ लेते थे दोस्त,
पता नहीं क्यों,
ये सवाल मेरे ज़हन में
कभी आया ही नहीं।
घूमना अच्छा लगता था।
और स्कूल से छुट्टियाँ लेकर घूमने जाना?
उससे अच्छा क्या हो सकता था?
फिर भी,
कभी ये सवाल क्यों नहीं सूझा?
क्लास के दोस्तों की तरह,
हमारे पापा कभी हमें भी
कहीं घुमाने ले जाते।
माँ बाप के साथ,
कभी वैष्णो देवी जाते थे,
तो कभी हरिद्वार।
और मैं सोचता था
न जाने कब,
मुझे किसी तीर्थ जाने के बहाने,
स्कूल से निजात मिलेगी।

कभी मिली ही नहीं...

ऐसी भी कोई तंगी नहीं थी।

बेटे के मुंडन के लिए घर जाना था,
ट्रेन का टिकट नहीं मिला,
तो कार से ही चल दिए।
कैसा संयोग था?
सोचा, अवसर है
तो क्यों न वहाँ भी होता चलूँ।
ट्रेन से तो ये अवसर मिलने से रहा।
और फिर रास्ते में ही तो है।
कुछ देर ठहरा,
मनोहर की दुकान पर चाय पी...
और फिर चल दिया।
उस दिन समझ आया...
जिसका पूरा बचपन तीरथ में गुजरा हो...
उसे वैष्णोदेवी, हरिद्वार में क्या मिलता...

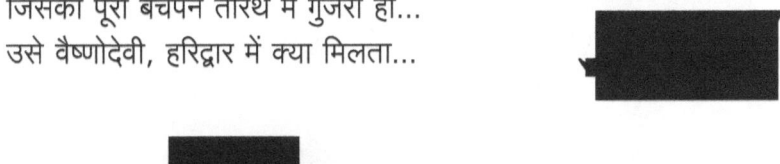

Linen

You had saved little money
For a cause, Perhaps;
To pay my school fee
Or for brother's admission.
As Diwali approached, you were happy
That the children
Haven't demanded a thing yet.
Even if they did,
Not more than a few rupees;
You were happy this time,
You wouldn't have to spread your feet
Beyond the bed linen.

Just then, we brothers conspired,
And demanded a two-in-one.
No persuasion whatsoever, worked
We remained persistent with our demand.
All our friends have it,
Then why not us?
In the battle that dragged for days,
Finally, our demand was accepted.
The Philips two-in-one was brought home,
Along with the cassette of 'Roja'.

An expression of agony,
Would inevitably appear on his grim face,
As he would co-hear 'Dil hai chhota s

Abir Anand

'Feet have dwarfed the linen again',
He'd think.

I have a decent earning,
But my son doesn't demand a thing.
He's a bit autistic.
Folded, the linen lies on the bed all day.
Someday, I hope
He will demand a thing,
Someday, I hope
I will get to open the linen folds.

चादर

किसी प्रयोजन से बचा रखे थे
पैसे तुमने,
पूरे बाईस सौ रुपये।
मेरी फीस देने के लिए,
या शायद भैया के एडमिशन के लिए,
दीवाली आ रही थी,
और तुम खुश थे,
कि बच्चों ने अभी तक
कुछ माँगा नहीं;
अगर कुछ माँग भी लिया,
तो ज्यादा से ज्यादा दो–चार सौ तक।
तुम खुश थे कि अबकी बार
चादर के बाहर
पैर नहीं पसारने पड़ेंगे।

तभी हम भाइयों ने साज़िश करके,
टू–इन–वन की फरमाइश कर दी...
बस ज़िद पकड़ ली,
सब दोस्तों के घर में है,
हमारा भी मन होता है गाना सुनने का।
दो दिन चले संघर्ष में,
आखिर बच्चों की ज़िद जीत गयी।

फिलिप्स का टू–इन–वन खरीदा गया,
और 'रोजा' की कैसेट।
पापा जब भी 'दिल है छोटा सा' सुनते,
अनायास ही
वह भाव उनके चेहरे पर आ जाता
'फिर से चादर छोटी कर गया
ये टू–इन–वन'।

अच्छी आय है मेरी,
पर मेरा बेटा कुछ नहीं माँगता।
डा 'ऑटिस्टिक' है वह,
ड़ी–मड़ी पड़ी रहती है,
चाद र पर।
कि   फैलाये,
कि

Injury

Pink lily of my knee,
Was filled with the seeds of my blood.
Riding a bicycle I had fallen,
A long way, I dragged my knee.
The bruises hurt,
With severe vacillating pain.

Mother knows nothing of treatment.
Sprinkling water she washes the bruises.
The irritation increases
As she rubs them with Dettol.
She admonishes, shouts and warns
'Ever if you rode bicycle'.
And finally buries them
Under the piece of cloth,
She has torn from the corner of her saree.

In the evening, when papa is back home
She offers it again for treatment.
Opening his first aid book
As bulky as dictionary,
Papa would prepare a formulation
Of an obscure antiseptic powder,
And dusk colored sticky ointment.
Spread on a piece of cotton,
He would paste it on the bruises
With a tightly wrapped tape.

Putting his hand around my tiny shoulders
Will just say those consoling words.
'Will be fine by morning'.
'When would mother learn it all?'

Ageing cells of the body,
Have lost the activity to recuperate.
Wounds take longer to heal.
But injuries scarcely respect age.

I had fallen from the bike, yesterday
And injured my knee.
Trousers above the injury was ripped.
With no one in sight,
I whimpered quietly in a corner.
It hurt a lot, with vacillating pain.
Even in darkness I could see the wound.
Pink lily of the knee,
Was filled with the seeds of blood.
It would hurt even more,
When mother would caress it
With water, and then with Dettol.
Uf! It would pain, almost to my shrieking.
It's only in the evening, papa would come,
Put his hands around my shoulders,
And caringly say, 'Will be fine by morning'
But, Perhaps...

चोट

घुटने की गुलाबी कुमुदिनी पर,
रक्त के बीज उभर आये हैं।
मैं साइकिल से गिर गया हूँ पापा।
ज़मीन से लग के,
दूर तक घिसटता रहा मैं।
बहुत दुखती है, छरछराती है चोट।

माँ को कुछ भी नहीं आता,
पानी से धोती है,
तो जलन और भी बढ़ा देती है
फिर बाद में डेटोल भी लगाएगी,
उफ़, लगता है बस जान निकल जायेगी।
डाँटती है, आँखें तरेरती है।
कहती है, 'और करो साइकिल सवारी'।
अपनी पुरानी साड़ी के पल्लू का सिरा फाड़कर,
ढक दी है चोट।
शाम को पापा आयेंगे तो परोसी जायेगी।

और शाम को,
पापा अपनी डिक्शनरीनुमा किताब में पढ़कर,
एक नुस्खा बनाते।
एंटीसेप्टिक का न जाने कौन सा पाउडर था,
और किसी मटमैले मलहम का लेप,
रुई का साफ़ फाहा और टेप,

कंधे पर देर तक रखा हुआ हाथ;
और 'ठीक हो जायेगी' की तसल्ली।
बस इतना ही करते थे पापा।
और सुबह तक सूख जाती थी चोट।
माँ को कब आएगा ये सब करना?
मैं सोचता था।

अब तो यूँ भी उम्र हो गयी है,
कोशिकाओं में अब
पहले जैसी उद्यमिता नहीं रही।
ज़ख्म देर से ही भरते हैं
पर चोटें उम्र का लिहाज कहाँ करती हैं?
लग ही जाती हैं।

मैं मोटर साइकिल से गिर गया था उस दिन;
बहुत चोट आई थी घुटने में,
घुटने के ऊपर पैंट पूरा फट गया था।
कोई आस पास न था।
मैं कराहते हुए एक कोने में बैठ गया।
बहुत दुख रही थी,छरछरा रही थी चोट।
अँधेरा था, पर फटे हुए पैंट के भीतर,
चोट साफ़ दिखाई देती थी।
वही गुलाबी कुमुदिनी पर,
रक्त के बीज उभर आये थे।
बहुत जलेगा जब माँ पानी देगी,
और डेटोल लगाएगी,
शायद, बहुत जलेगा।

शाम को पापा आएँगे ;
और दवा लगाकर कंधे पर हाथ रखेंगे,
कहेंगे 'ठीक हो जायेगी'
शायद....

Gulmohar

I had found you by roadside.
You had fallen perhaps,
From the passing Forestry truck.
I brought you home,
And planted in the yard.
Else, you would be burnt as fuel,
In the roadside furnace for melting bitumen.
I offered you the soil and the water,
Even surrounded you with a brick wall,
To protect you from the stray cows.
In just two years, you grew.

You offered flowers and shade.
And to my bicycle without soil,
You provided support, the whole day,
While I played with my friends.
Eating your sour flowers,
I had satiated my hunger.
Except for the summers,
When you shed your leaves,
You had begun giving your share of shade.

You are lucky, I'm jealous.
Look at me,
For years, I have been watered,
And I have grown up too;
Wonder when he will sit, Under my shade.

गुलमोहर

सड़क पर पड़ा मिला था तू मुझे,
वन विभाग के ट्रक से गिर गया था, शायद।
मैं उठा के घर ले आया,
नहीं तो, पी डब्लू डी की
डामर गलाने वाली भट्टियों में
सुलगा दिया जाता।
मिट्टी दी, पानी दिया,
गाय से बचाने के लिए
तेरे इर्द-गिर्द
ईंटों की एक बाड़ भी बनायी मैंने।

तू दो ही साल में बड़ा हो गया।
अपनी बिना स्टैंड वाली साइकिल,
तेरी कमर पे टिकाकर,
मैं दोस्तों में मग्न हो जाता।
खेलने की आपाधापी में,
तेरे फूल खाकर भी भूख मिटाई है मैंने।
गर्मियों में ठूंठ हो जाता था;
पर, अपने हिस्से की छाँव
देने लगा था।
बस दो ही साल में....

किस्मत का धनी है तू
मुझे देख,
कोई सालों से पानी दे रहा है मुझे,
और मैं बड़ा भी हो गया हूँ।

न जाने कब वह मेरी छाँव तले बैठेगा।

Theist

Atheist, I was.
Almost atheist.
Had no reason to visit a temple,
Except for the temptation of sweet Prasad.

I was happy when you fell ill,
I will get more time to spend with you.
But it hadn't to be.
The illness dragged longer,
And treatment continued.
Medicines, given in the morning,
Proved inefficacious by evening.
Wondered if there was a pill,
That would rid you of all ailments.

A saint then appeared,
Asking us to visit the Hanuman temple,
Every Tuesday,
Distributing sweets among kids.

Can't say which of these treatments worked,
You started going to office in two weeks.

Safforn ashes I Had picked up
From the temple,
That blessed my forehead,
Is all washed away in sweat.

Hold me by my finger,
And take me back to that temple,
I want to be a theist again.

आस्तिक

नास्तिक ही तो था मैं।
तकरीबन नास्तिक।
प्रसाद की मिठास के परे,
मंदिर जाने का कोई अभिप्राय
होता ही कहाँ था।

जब तुम्हारी तबीयत खराब हुई,
तो खुश हुआ था मैं;
तुम्हारे साथ ज़्यादा वक़्त मिलेगा।
पर जैसा सोचा था, हुआ नहीं
रोग खिंचता चला गया।
और तबियत बदतर होती गई,
इलाज चलता रहा।
पर दिनभर की सुश्रूषा,
सूरज ढलने तक बेअसर हो जाती।
काश कोई ऐसी गोली होती,
जिसकी एक खुराक सब ठीक कर देती।
किसी बाबा ने बताया था,
मंगल के मंगल,
गढ़ी वाले हनुमान जी को बतासे चढ़ाओ।

पता नहीं किस हकीम का
इलाज काम आया?
चार मंगल बाद ही,

तुम दफ्तर जाने लगे थे।

हनुमान जी की छोटी सी मूर्ति से,
उँगली भर गेरुआ भभूत
माथे से चिपकाई थी।
ज़िन्दगी की दौड़ धूप में,
धुल गयी है वह भभूत।
मेरी उँगली थाम के ले चलो,
उसी मंदिर;
कि मैं फिर से आस्तिक हो जाऊँ।

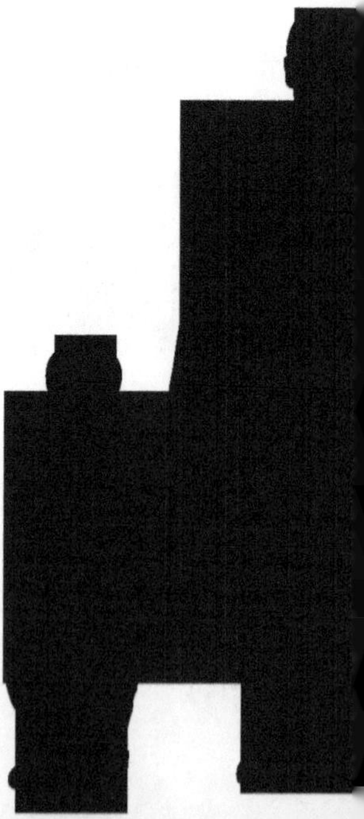

Abir Anand

The Wooden Bridge

We shall walk down again
Together underneath that wooden bridge,
Where you would often
De-board the rickshaw,
To enable the rickshaw puller
Negotiate a tough incline.
I would curiously look at the trains,
Passing beneath the bridge.
You would take me to the hospital
For treatment of my cough.
That wooden bridge, I hear
Is now replaced by a giant flyover.

Why have you de-boarded the rickshaw?
Rickshaw puller is capable enough...
Then why have you de-boarded?
Had you not de-boarded, trust me
The incline would have been
Much easier to negotiate.

कठपुला

चलो फिर गुजरेंगे उस कठपुले से;
जहाँ से गुजरते वक्त,
तुम रिक्शे से उतर जाया करते थे।
ताकि रिक्शेवाला उस दुरूह चढ़ाई को
सरलता से पार कर ले।
मैं उचक−उचक कर कुतूहल से,
पुल के नीचे गुजरती ट्रेनों को देखता था।
मेरी खाँसी के इलाज के लिए,
तुम मुझे मेडिकल कॉलेज ले जाते थे।
सुना है फ्लाईओवर बन गया है,
उस कठपुले की जगह।

क्यों उतर गए हो तुम रिक्शे से?
रिक्शेवाला तो भला समर्थ है,
तो फिर क्यों उतर गए हो तुम?
विश्वास करो, अगर तुम साथ बैठे रहते,
तो ये चढ़ाई और भी आसान होती।

Earlier

If I would understand this
That adulthood will reduce your affection,
I would have demanded more
While I was a kid.

पहले

पहले बता देते अगर,
कि बड़े होने पे इतना कम करोगे,
तो बचपन में प्यार ज्यादा करता।

Share

In beginning, It felt good
When my son would pick
His morsel from my plate.
I would be contented
That I have trained him to eat.

But now, I often get annoyed
When he picks it up from my plate.
Sometimes he eats into my share.
I would often miscalculate,
His inconsistent appetite.
His mother would stub the flame,
To ask for another loaf.

Half a loaf of appetite
Keeps me irritated,
Lying on the bed,
When I grope for sleep.

I wonder if father would also go to sleep
The same way,
Preserving, half a loaf of appetite.

हिस्सा

पहले अच्छा लगता था,
जब मेरी थाली से
उठाकर खा लेता था वह;
अपने आप, बिना कहे।
संतोष जो होता था,
कि मैंने उसे खाना सिखाया है।

आजकल, पर मैं खीझने लगा हूँ;
उसकी इसी हरकत से।
कि मेरी थाली से
उठाकर खा लेता है वह।
कभी–कभी कम पड़ जाता है मेरे लिए।
अनुमान नहीं होता कि वह
कितनी रोटियाँ खाएगा।
और उसकी माँ भी,
तवा ठंडा कर चुकी होती है तब तक।
नींद आने लगती है,
तो ख्याल आता है;
एक रोटी और खा लेता।

यूँ ही...एक रोटी की भूख,
सहेजकर सो जाते होंगे पापा...
जब मैं उनकी थाली में,
हिस्सेदारी करता हूँगा।

Nido

I am father to a year old kid.
Suddenly, began getting worried
For his looks,
If his eyes would sink deep
Into the skeleton of his face,
If his insolent and cluttering hair
Would silently offend the crowd.
If his height would be subnormally distinct,
When he grows to adulthood.

I know he hasn't even seen the mountains,
But I don't really know
What exactly begins offending
The Delhi shopkeepers.
I have experienced Delhi's temperament,
I had the option,
So walked away, quietly.

If ever, my son goes to Delhi,
I would give him a gun.
Irrespective of where the shadow looms from,
He should be one to pull the trigger first.
This is my precondition,
To bring him up.

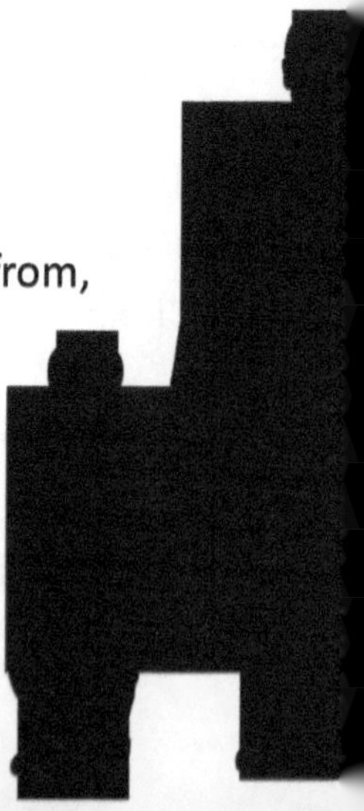

It's better to be dishonored
Being father of a killer,
Than the honor of being father,
To a decaying dead body in morgue.

नीडो

एक, साल भर के बच्चे का बाप हूँ मैं।

अब उसके चेहरे की बनावट को लेकर,
चिंतित रहने लगा हूँ।
कहीं उसकी आँखें,
चेहरे के कंकाल में
धँस तो न जाएँगी?
बड़े होकर...
कहीं उसकी नाक,
चपटी तो न हो जाएगी?
उसके बदतमीज़ बाल
बेतरतीब बिखरे हुए तो न हो जाएँगे?
सामान्य लोगों से,
उसकी लम्बाई
कहीं कम तो न रह जाएगी?

मुझे पता है,
वह पहाड़ों में पैदा नहीं हुआ।
पर जब तक वह बड़ा होगा,
न जाने दिल्ली के दुकानदारों को,
क्या खटकने लगे?
मैंने देखा है दिल्ली का मिजाज़।
मेरे पास विकल्प था,
इसलिए चुपचाप दूर चला गया।

पर अगर कभी अपने बेटे को,
अकेले दिल्ली भेजना पड़ा;
तो उसे एक रिवाल्वर ज़रूर दूंगा,
अपने पास रखने के लिए।
कि नज़र कहीं से भी उठे,
पहला वार उसी का होना चाहिए।
ये शर्त है मेरी अपने बेटे से,
उसे बड़ा करने की।

एक कातिल का बाप,
कहलाना मंज़ूर है मुझे
अस्पताल में सड़ती हुयी लाश का नहीं।

Stapu

I had seen little girls
Playing this sport
During my growth years.
Little boys at times would join in.
I had forgotten the name of the sport.
Some called it 'Stapu'
While others just 'Game'.
A small piece of mud pot,
Would be targeted flat
In one of those squares,
Drawn with a stick on ground.

The player covering all ten squares
Limping on just one leg,
Would get a chance to construct her home.

Years later,
Still engaged in that 'Game',
I am able to travel all squares,
But whenever I through the 'Stapu'
To construct a home
It just falls away, at a distance.

स्तापू

हम–उम्र लड़कियों को,
बचपन में देखा था खेलते हुए।
कभी कभी लड़के भी शामिल हो जाते थे।
खेल का सही नाम पता नहीं था।
कोई लँगड़ी टाँग कहता था;
तो कोई सिर्फ 'खिप्पू'।
मिट्टी के मटके का
टूटा हुआ हिस्सा,
जो तकरीबन सपाट होता था;
उसी को 'खिप्पू' बनाकर उछालते थे।
उन दस चौखानों में जिन्हें,
जमीन पर रेखाएँ खींच कर बनाया जाता था।

पूरे दस खाने..
एक टाँग पर पार करने वाले को,
घर बनाने का अवसर मिलता था।

आज भी, वे दस खाने तो पार हो जाते हैं
आसानी से।
पर जब भी मुँह घुमाकर,
'खिप्पू' उछालता हूँ
घर बनाने के लिए;
वह उछल कर उन खानों के बाहर ही गिर

Will

The farms and the expanded house,
The property that you own,
I am sure, as part of your will,
You will certainly bequeath to me.
We aren't on talking terms, fine;
We have certainly not been enemies,
That you will disqualify me.

Sands of time is sifting rather quickly,
I am beginning to get impatient;
Those precious things that you possess,
Give it all to me, now.
Well before it loses its value.

A set of your used robes,
A pair of your loose shirts,
A pair of trousers,
The unusual undershirt
Which had a deep belly pocket
In the front,
A pair of your lenses with bulky frame,
That offered amazing clarity of far-sight.

When my son grows up, he would ask
Why hedoesn't have grand-parents,
Like his friends in school have.
Wearing your shirt and trousers

Abir Anand

Holding your lenses by my eyes,
I would pretend being his grandpa.

It won't be easy to trick him for sure,
Apparently, it seems though
I would deftly fool myself.

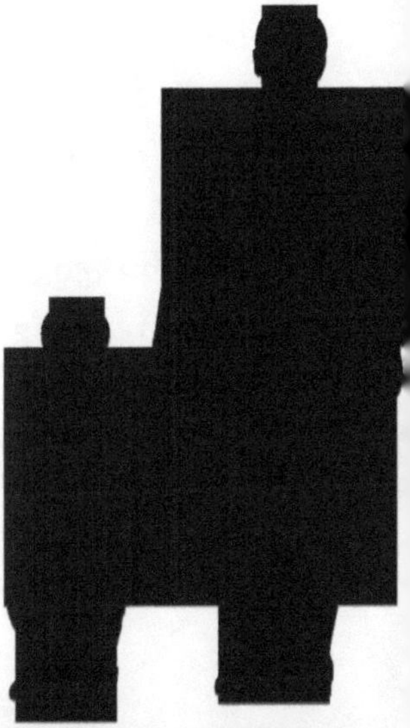

वसीयत

जायदाद तुम्हारे नाम भी,
कुछ कम नहीं है।
मुझको भी तुम,
कुछ तो देकर जाओगे ही,
वसीयत में,
नाराज़ ही तो हो,
दुश्मनी थोड़े ही किये बैठे हो,
कि बेदखल कर दो।

वक़्त फिसला जाता है,
कुछ बेसब्र हुआ जाता हूँ मैं।
कीमती, जो कुछ तुम्हारे पास है,
दे दो अभी,
कि मोल उसका,
क्या पता कल हो न हो।
सोचता हूँ, सामने से माँग लूँ;
आखिर तुम्हें तो एक दिन देना ही है।

कुछ अपने कपड़े भिजवा दो,
नए न हों, तो फटे उधड़े ही सही;
एक जोड़ी कमीज,
और एक जोड़ी पायजामा
और अगर हो तो,
वो बड़ी सी जेब वाली,

Abir Anand

खद्दर की बनियान भी।
और वो मोटे फ्रेम की ऐनक भी,
कि जिसके लेंस से झाँको,
दूर तक साफ़ नज़र आता था सब।

जब बड़ा हो जायेगा बेटा मेरा,
तो पूछेगा।
सब के दादा–दादी होते हैं,
नाना–नानी भी।
तो फिर मेरे क्यों नहीं?
तब तुम्हारी कमीज़ और पायजामा पहनकर,
आँखों पर वही ऐनक लगाए,
उसका दादा बनने की कोशिश करूँगा।

जरा मुश्किल तो होगा...
उसको बहलाना मगर;
मुझको यकीं है...
खुद को बहला लूँगा मैं।

Tickle

When I tickle him down his armpit,
He smiles, even while asleep.
Such is the power of touch.
The smile would disappear quickly.
Unconcerned, He would lay asleep again,
Just as first wave of sensation
Withers down his spine.
Again, he would hold his lips contrived,
Awaiting the next gust of tickles.
Like a yearning blossom awaiting,
Welcome buzz of the bee.

For long, he enjoys
The smile of awakening,
Even while asleep.
For this and this reason alone,
I play with him for some time
Tickling his bare armpits,
Just before he falls asleep.

Never seen myself smiling while asleep,
But I know you come
And tickle me every night.

Up in the morning, I see my fa
In the mirror that smiles,
And smiles the whole day.

गुदगुदी

यूँ ही शरारत वश कभी,
जब गुदगुदी करता हूँ मैं,
तो नींद में भी मुस्कुरा उठता है वह।
ऐसा जादू होता है स्पर्श में।
हर छुअन के बाद, कुछ पल के लिए,
फिर से हो जाता है वह बेफिक्र;
गुदगुदी का एक क़तरा,
जब उतर जाता है उसकी शाख से।

और फिर अगले ही पल,
गुदगुदी के नए झोंके के लिए,
साध लेता पंखुड़ी फिर होठ की,
जैसे लालायित कली,
बैठी हों आँचल पसारे,
नन्हे भ्रमर की टोह में।

देर तक,
रहता है, यूँ ही मग्न वह
नींद में भी।
नींद में भी जागता रहता है जैसे।
इसलिए.... बस इसलिए,
अक्सर उसके सोने से पहले,
देर तक मैं खेलता हूँ साथ उसके,
गुदगुदी करते हुए।

नींद की मुस्कान देखी ही नहीं,
मैंने कभी।
पर मुझे मालूम है,
कि रात में आते हो तुम,
गुदगुदी करने।

सुबह उठकर देखता हूँ आईने को,
देर तक बाँछें खिली रहती हैं उसकी,
जी भर के मुस्कुराता है वह,
देखकर चेहरा मेरा।

Paper Boat

My sincere apologies to the pa
Which I myself would playfully
In the stream of monsoon wat
At the behest of the voice
That would loudly beacon
'Papa is back home'.

The boat would lazily oscillate
In the still waters,
As the rains would subside
And the flow of streams slowe
Though the journey is far from
But who cares,
Now that Papa is back home
I just have to rush.
I would gleefully destroy
The boat myself,
So that others don't capture it

Every Monsoon,
That boat looks at me, mockin
Sun has moved beyond the m
Still miles of journey to travers
I look up for someone to anno
'Papa is back home'.
I lose my sight into hollow hor
The paperboat,

नाव

कि उस नाव से भी तो माफ़ी माँगनी है;
जिसे बस यूँ ही बेमतलब डुबो देता था मैं;
कोई जब दूर से आवाज देता था,
कि पापा आ गए घर।
देर तक, बस एक ही भँवर में,
झूलती रहती थी वह।
बरसात थोड़ी थम गयी होती थी,
और नालों का बहाव,
बुझ चुका होता था।
सफ़र जो नाव का बाकी रहा, तो रह गया।
मुझे बस घर जाना है,
कि पापा आ गए हैं।
भूल से भी कोई और, कब्जिया ना ले उसे।
इसलिए, मैं ही डुबो देता था अपनी नाव खुद।

वही कागज़ की नाव अब चिढ़ाती है मुझे,
हर बरसात में।
शाम ढल चुकी है।
सफ़र तो बाकी है, अब भी बहुत।
पर अब कोई आवाज देता ही नहीं,
कि 'पापा आ गए'।
शांत लहरों पर खड़ी हो डोलती है,
मुस्कुराती... मुझको चिढ़ाती रहती है व

Ailments

Throat irritations drag
A little longer these day
All ailments have almos
Those sweet old cough
And the illegible prescr
On physician's note pac
Look all inefficacious, th
I heard someone saying
Medicines have lost the

In those good old days,
People would rarely vis
Grandma's traditional h
And papa's preachy laxa
Which we had to take,
With the pinch of scold
No ice creams, no cold
Cover your head,
Don't roam outdoors w
And those forced warm
In the evening,
Would be just enough a

Who follows the abstin
The efficacies of medici
Are intact, perhaps
Just that we don't get

Papa's daily regimen of scolds.
Throat irritations therefore,
Drag a little longer these days.

रोग

गले की खारिशें अब यूँ नहीं जातीं।
वो कल के रोग जैसे सब पुराने हो गए हैं।
वो कफ सीरप और
वो डॉक्टर के पर्चे पर लिखे हुए
कुछ स्याह मिसरे,
बेअसर से लगते हैं सब।
कल ही कोई कह रहा था;
अब दवाओं में भी वो,
पहले सी सीरत नहीं।

पहले, कहाँ जाता था दवाखाने कोई,
सर्दी और खाँसी दिखाने के लिए?
माँ के पुराने कारगर नुस्खे बहुत थे;
और पापा की परहेज़ वाली घुट्टियाँ,
जो डाँट के संग लेनी पड़ती थीं, दोनों वक़्त दिन में।
बर्फ मत खाना, ठंडा पानी मत पीना, स्वेटर पहन लेना;
घर से बाहर निकलो तो कान ढक के निकलो;
और सोने से पहले, गर्म पानी का गरारा।

कौन करता है भला परहेज़ अब?

दवाओं में शायद सीरतें वैसी ही हैं,
जैसी पहले थीं।
बस वो पापा की रोज़ सुबह शाम वाली,

नसीहतों की घुट्टी की ख़ुराक, अब नहीं मिलती।
इसलिए खारिश गले की लम्बी खिंच जाती है,अक्सर।

Skill

The teacher had a few complaints
Of my son in school, yesterday.
Just being perturbed a bit
I believed I could handle them.
The moon rises from there,
Kissing the tail of Sun's orbit;
The day descends though,
But the night never falls.

'The kid speaks bad words'
The teacher complained.
'And caresses the cheeks of children'
I felt little embarrassed.
'So what? We too did such things as kid'
I wondered what ulterior motive
Could a four year old have
In caressing the cheeks of another child.
Civilization has prospered,
And prospering, we suspect
An expression of affection.

Still I was feeling embarrassed.
I wished to speak to my father,
To learn some skills on how,
He would console the neighbours
When they would come
With complaints of my abuses.

गुर

कल स्कूल में,
शिकायतें बहुत थीं उसकी;
सोचा परेशान हो जाऊँ,
तो शायद ढल जाएं।
चाँद उगता है वहीं,
सूरज के करीने छूकर;
दिन उतरता तो है,
पर रात नहीं होती।

टीचर कह रही थी,
कि 'बैड वर्ड्स' बोलता है,
और बच्चों के गाल सहलाता है।
मैं मन ही मन तर्क देता,
कि ऐसा तो हम भी करते थे बचपन में।
बच्चों के गाल सहलाने में,
एक चार साल के बच्चे का
भला क्या इरादा हो सकता है।
ऐसी भी क्या तरक्की कर रहे हैं लोग,
कि स्नेह को भी अविश्वास से देखते हैं।

फिर भी, थोड़ी शर्म तो आ ही रही थी
टीचर से उसकी शिकायतें सुनते हुए
सोचा, पापा से बात कर लूँ
कुछ गुर ले लूँ उनसे

कि वह क्या कह कर पड़ोसियों को मनाते थे
जब मेरी भद्दी गालियों की
शिकायतें लेकर मेरे पापा के पास आते थे।

Quiet

I would throw away the food
If it wasn't to my liking,
And you would often question the mother.
Why she hasn't prepared it to my liking.
Annoyed, she would just manage
To repress her anger.
'How pretentious this kid is?
When asked of his liking
He wouldn't say a thing'.
She would think.

That aggression isn't there anymore
The appetite too, isn't tempting enough
To complain of food.
It's been years I ate,
The food of my liking,
That mother had cooked for me.
Why are you quiet?
Why don't you say something pa

चुप

खाने की थाली
उठाकर फेंक दिया करता था मैं
अगर सब्जी मन की न होती थी
और तुम माँ को ही डाँटते थे
कि मेरे मन का कुछ क्यों नहीं बनाया
मन मसोस कर रह जाती थी माँ
कितना नाटक करता है?
कभी पूछो कि क्या बनाएँ,
तो कुछ बताता भी नहीं।

अब तो उतना गुस्सा भी नहीं आता,
और भूख भी ऐसी नहीं होती,
कि जबान ललचाए।
कितने साल गुजर गए हैं,
तेरे हाथ का बना खाए हुए?
तुम चुप क्यों हो?
माँ से कुछ कहते क्यों नहीं, पापा।

Images

Gazing at her four year old son,
My wife said.
'He's grown up to your hips,
Would begin wearing your shirts next year'
She was perhaps worried for her height,
Or she would have said it
Just to feel proud of her parenting.
I realized, he had grown rapidly.
It occurred to me to play a trick with him,
A few more years before he begins
To get annoyed at my mischiefs.

Pulling my jacket from the wardrobe,
I spread it along his shoulders;
Raising the collars above his ears,
I pulled up the chain and saw
His tiny arms hanging in my arms,
His knees drowned in my jacket.
Turning his smiling face to look at me, I
As if a mirror was placed
Opposite another mirror.
The images of generations
In the distance suddenly became alive.

अक्स

मेरे चार साल के बच्चे को निहारते हुए
एक दिन उसकी माँ बोली,
तुम्हारी कमर तक हो गया है कद।
कुछ ही दिनों में तुम्हारे कपड़े पहनने लगेगा।
मेरा कद देखकर चिंतित थी वह शायद
या फिर यूँ ही,
अपनी परवरिश पर इतराने के लिए
कह दिया होगा।
मन में खयाल आया कि शरारत कर लूँ।
कितनी रफ्तार से गुजर रहा है बचपन उसका,
कल क्या पता, मेरी ठिठोली पे रूठने ही लगे।

अलमारी से निकाल कर
अपनी जैकेट पहना दी मैंने उसे,
और कॉलर उठाकर चेन बंद कर दी।
मेरी बाहों में झूलने लगीं
उसकी नन्ही बाहें,
उसके घुटने पूरे समा गए थे
मेरी जैकेट में।
उसका मुस्कुराता चेहरा अपनी ओर घुमाया
तो लगा जैसे,
आइना रख दिया हो आइने के सामने,
कितनी पुश्तों के अक्स साफ नज़र आते थे

Quilt

In that blanket and in that quilt,
There would be a room, cold as ice
Folding my knees, I would settle
In that room, after my supper,
When the cold outside would be unbearable.
Sometimes, papa would maintain it warm
Just before we settle into it.
The cold would lose the fight that night.

Winter colds are no longer that harsh.
It has been years, blankets were opened.
The walls of that room too,
Have disappeared, the architecture of which
Would be based on the body posture.

I wish, if those harsh wintry days
Come again,
When the chill unnerves the spine.
I would cover my son in the quilt,
Again to erect that room, which
You have so lovingly bequeathed to me.
The brick pieces from whose walls,
Are lying scattered on my bed.
When I go to sleep,
They hurt my back.

लिहाफ

उस रजाई में,
उस लिहाफ में,
एक कमरा होता था,
एकदम बर्फ सा ठंडा;
रात को खाना खाने के बाद,
जिसमें समा जाता था मैं।
बाहर ठंड बहुत होती थी।
घुटने समेटकर,
गुड़ी-मुड़ी कपड़ों की पोटली की तरह,
जितनी कम जगह लगे, उतना अच्छा;
ठंड उतनी कम लगेगी।
कभी-कभी पापा गर्म कर देते थे मेरा कमरा,
मेरे उसमें समाने से पहले।
उस रात ठंड हार जाती थी मुझसे।

अब सर्दियां वैसी नहीं होतीं।
साल भर लिहाफ भी नहीं खुलता अब तो।
उस कमरे की दीवारें भी ढह गईं,
बदन को समेट कर,
जिसका ढाँचा बुना जाता था।
कभी-कभी ये ख़याल आता है,
काश फिर से आये वैसी ठण्ड,
कि जिसमें दाँत कटकटाने से लगें;
और रात को मैं लिहाफ लेकर,

अपने बच्चे को ओढ़ा दूँ।
फिर से खड़ा कर दूँ मैं वो कमरा,
जो तुमने मुझे यूँ ही,
अनजाने सौंप दिया था।
और जिसकी ईंटें,
कहीं बिखरी पड़ी हैं बिस्तर पे;
रात को सोता हूँ,
तो बहुत चुभती हैं बदन में।

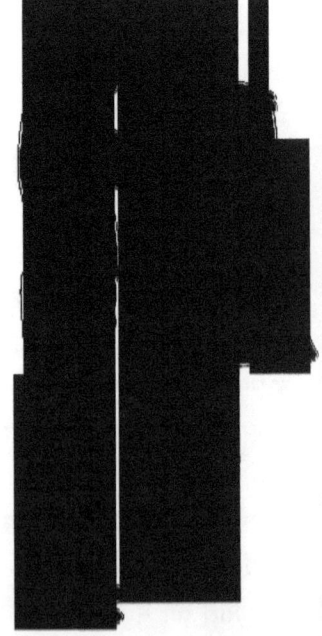

Let go

Sometimes, I feel like losing it all.
In the struggle for victory,
It playfully occurs,
Let it go.
As if one is robbed of a piggybank,
Yesterday was nothing,
Today as well, is nothing.
What will happen?
Will the sky fall?
Even otherwise, the piggybank looked empty
Even when it was full.
Today, it's empty when it is actually empty.
Let's see what happens.
Just let it go.

Sometimes, the winners have,
Not as many pats on their backs;
As losers have the shoulders,
To rest their heads upon.

हार

कभी–कभी
सब खो देने का मन होता है।
जीत की ज़द्दोज़हद में
खेलते–खेलते कभी यूँ ही मन होता है,
चलो हार जाते हैं।
जैसे एक दिन अचानक
गुल्लक चुरा ले कोई,
कल कुछ भी नहीं था,
आज कुछ भी नहीं है।
क्या होगा?
कौन सा पहाड़ टूट पड़ेगा?
यूँ भी, जब भरी थी गुल्लक
तो भी खाली–खाली लगती थी,
और अब खाली है तो भी खाली।

चलो एक बार हार कर देखते हैं
जो जीत कर हासिल न हुआ,
हार कर हो जाये शायद।
कहते हैं,
कि एक मक़ाम के बाद
जीतने वाले की पीठ पर
उतनी थपकियाँ नहीं होतीं,
जितने हारने वाले के सर के लिए
कंधे होते हैं।

School

His smiles break all my resolves,
Every morning.
Resolve, to reach office on time,
Resolve, to send him to school on time.
Mere thought, that someone other than me
Will get to see his smile all day,
Begins to torment.

I recall your scolding face,
The frighteningly cruel gestures,
When you would push me to school
Against my drying smiles.
Sometimes he too resists,
And asks me too, to stay home.
I scold him the way you used to,
And he gives me a frightened look,
Just as I used to.
His smiles dry,
But he moves, when I insist.

Now I understand,
The torment of a father's heart
Beneath the facial gestures of cruelty.

स्कूल

सुबह–सुबह, तेरी मुस्कान
मेरे सब इरादे तोड़ देती है;
तुझे स्कूल भेजने के,
मेरे दफ्तर पहुँचने के।
तड़प उठता हूँ
मैं ये सोचकर,
कि कोई दूसरा दिन भर
तेरी मुस्कान देखेगा।
बहुत याद आता है मुझको
तुम्हारा डाँटता चेहरा,
तुम्हारी त्यौरियों की क्रूरता
कितना डराती थी?
कि जबरन हूल देकर जब
मुझे स्कूल भेजते थे।
कभी उसका भी मन होता है,
तो ज़िद कर बैठता है वह।
न पापा जाएँ दफ्तर,
और न वह स्कूल जाए।
तुम्हारी ही तरह मैं
हूल देकर डाँट देता हूँ।
वो डर जाता है,
माथे पे मेरी त्यौरियाँ पढ़कर।
वह चला तो जाता है स्कूल
पर मैं सोचता रह जाता हूँ।

तुम्हारे उस कठोर चेहरे की तड़प,
अब बहुत महसूस होती है।

The folds

The dialogue ceases
Beyond certain age,
As if a thorn permanently settles
In the delicate ruptures of feet,
And keeps troubling as you walk.

Ever since you have fallen ill,
The trouble of the thorn has subsided.
I look for that thorn,
If it's hidden in the folds of
Your ageing cheeks;
But can't find it.
Your talks have become less acerbic,
And reverence in my behavior
Has increased.
A few folds, I can see
Have appeared on my cheeks too.

It looks like Folds,
From the dialogue disappear,
As they appear on the faces.

सलवटें

गुफ्तगू मंद हो जाती है
एक उम्र के बाद,
जैसे एक फाँस
अटक जाती है बिवाईयों में,
उम्र भर के लिए।
रह–रह कर सताती है।
इधर कुछ दिनों से आराम है
फाँस की चुभन कम हो गई है।
तुम्हारे बीमार चेहरे से
लटकी हुई सलवटों में
ढूँढता हूँ वह फाँस,
कहीं नहीं दिखती।
तुम्हारी बातों में कङवाहट
कम हो गई है,
मेरे व्यवहार में
अदब बढ़ गया है;
कुछ महीन सलवटें,
मेरे चेहरे पे भी उग आई हैं।

देख रहा हूँ,
सलवटें जब चेहरे पे आ जाती हैं
तो बातों से गायब हो जाती हैं।

Reins

You would certainly get to inhale
The bitter taste of reins,
Holding them in your jaws
When you would flog yourself,
To pull a dead cart,
Merely by your convictions.

You were the horse,
And you were the rider.
Dragging my dead weight along,
I would just get to see,
The hood of your flogging whip.

Today again, I happened to
Revisit the memories;
Surprisingly, my eyes were not glued
To the swaying hood of the whip,
They fell on the steel horseshoe,
Which, detached from your feet
Had flung in the distance.

लगाम

लगाम का कसैला स्वाद
जुबाँ पर आता तो होगा,
जब उसे दाँतों तले दबाए
खुद को हूल देते होगे तुम।
एक बेदम बैलगाड़ी को
हौसले से खींचने के लिए।

तुम घोड़ा भी थे,
घुड़सवार भी।
अपने कमज़ोर पहियों पर
घिसटते हुए,
तुम्हारे चाबुक का
लहराता हुआ फन देखता था मैं।

आज फिर से देखा पलटकर,
नज़र उस फन पर नहीं गई;
स्टील की घिसी हुई उस नाल पर गई
जो ठोकरें खाकर,
तुम्हारे पैरों से छिटककर
दूर जा गिरी थी।

पापा

Mornings

Every morning, I will avenge,
I would think.
Waking up to the tilt
Of your furious eyes,
Was never acceptable to me.
To keep your dreams awake,
You had trampled my sleeps.
Countless nights, deprived of sleep
You had burnt,
In the flickering low lights of lamps.

Very delicately, I pour water
On my face to wash;
So that the morning yawns of your blessing
Are not washed away
From the corners of my eyes.

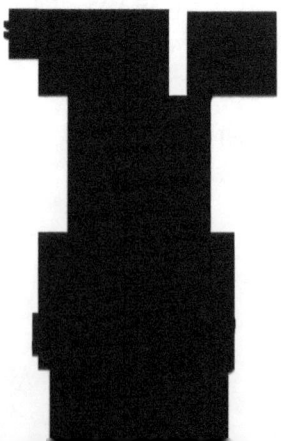

सबेरे

हर एक नींद का हिसाब लूँगा
सोचता था मैं।
तुम्हारी गुस्सैल आँखों के इशारे पर जग जाना
हरगिज़ मंज़ूर न था मुझे।
अपने सपने सजाने के लिए
तुमने मेरी कितनी नींदें रौंदी थीं?
जाने कितनी उनींदी रातें
लैंप के उजियारों में जला दी थीं?

बहुत आहिस्ता छिड़कता हूँ पानी
अपने चेहरे पे, मुँह धोने के लिए।
कि तुम्हारी नेमतों के ऊँघते सबेरे,
किसी कोने से धुल न जाएँ कहीं।

Cry

Could never have the fortune to cry
With the same tranquillity
That you would scold us with,
While I would commit an error.
That error gave you an opportunity to scold
And make me cry.
I would earn a few pennies,
In return for the deal of our accord.

Could never have the fortune to cry,
With the same tranquillity.

I still negotiate those accords,
But the tears no longer fetch earnings.
Instead at times, I pay a heavy price,
To hide them beneath my lids.

Could never have the fortune to cry,
With the same tranquillity.

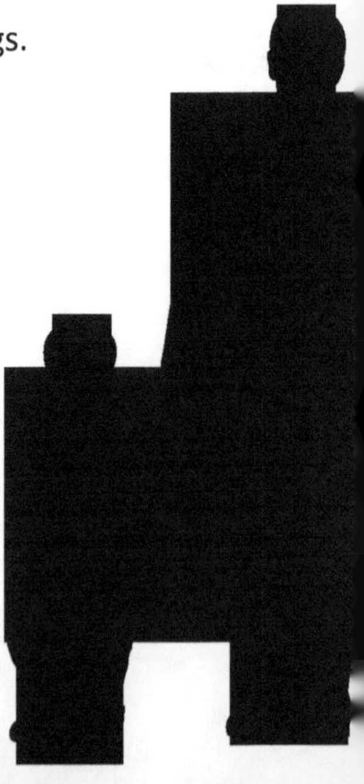

रोना

उस सुकून से रोना न फिर नसीब हुआ
कि जिस सुकून से फटकार लगाते थे तुम।
बहाने ढूँढता रहता था मैं अक्सर;
कि तुम डाँटो किसी बात पे, कि मेरी आँख बहे।
तुम्हारे मनाने का अदब निभाने को,
एक चवन्नी में तय होता था सौदा।

उस सुकून से रोना न फिर नसीब हुआ।

सौदा सुकून का होता तो है अब भी लेकिन
अब आँसुओं से आमदनी नहीं होती।
कभी–कभी तो बड़ा मोल चुका आता हूँ
अपनी आँखों से अपने अश्क़ छिपाने के लिए।

उस सुकून से रोना न फिर नसीब हुआ।

Notes

This trick too worked fine
For a few days.
I would prepare notes,
Of my complaints and demands.
A note on piece of paper,
Would secretly be slipped
Beneath his pillow, while he slept;
Or into his shirt pocket,
While he left for office.
Demand for a designer jacket with zip,
And the complaints of troubling old shoes,
Would all be handed over to him.
Quite often, these notes would work.

Traversing through the generations,
A note reached my home, yesterday.
My wife knew of this ingenious trick,
That I had used with my father.
Everyday while I get ready for office,
In my shirt pocket, she puts
Groceries, Medicines, Utility bills,
Society dues, Cable TV bills
And bank loan EMI.

पुर्जे

ये तरीका भी खूब चला था।
अपनी शिकायतों का,
फरमाइशों का,
एक पुर्जा बनता था;
जो सोते वक्त चुपके से
पापा के तकिये के नीचे रख दिया जाता था।
या फिर दफ्तर जाते समय
उनकी कमीज़ की जेब में।
चेन वाली जैकेट की फरमाइश हो,
या फिर जूतों के पुराने हो जाने की शिकायत
हमेशा तो नहीं,
पर अक्सर काम कर जाते थे ये पुर्जे।
पीढ़ियों से गुजरते हुए,
कल एक पुर्जा मेरे घर पहुँचा।
न जाने कैसे मेरी पत्नि सीख गई ये कला।
रोज दफ्तर जाने से पहले
मेरी जेब में रख देती है,
सब्जियाँ, दवाईयाँ, बिजली के बिल,
टीवी, सोसाइटी का बकाया
और बैंक लोन की ई एम आई भी।

Rains

Through the bellow she exhales,
And infuses life in the roti.

Compressing the wood dust
With a light wooden hammer,
In the metallic oven,
She would ignite the wood sticks.
To cook roti out of a lump
Of moist dough,
Spread on the hot plate,
Mother would set her breaths ablaze.

But, neither the bellow nor the breaths
Would work in Rains;
Air, even if infused
Would be rendered useless.
Laden with moisture
The wooden dust behaves unyielding,
And the sticks wouldn't pick the flame.

Wooden coal, she would then burn
In a clay oven; the coal
That she had preserved
In the summers gone by,
Quenching the half burnt wood sticks,
Well before it turned into ashes.

Like moistened wood dust,
She sits aggrieved, there
And here, I continue to burn
In hot and dry summers.
Filling water in her palm,
Why she doesn't throw on me
Well before the coal turns into ashes.
I wonder how she would manage,
To feed her children
In the coming Monsoons.

बरसात

फेफड़ों की हवा, धौंकनी के रास्ते
रोटियों में उतारती थी।
अँगीठी में बुरादा भर के,
लकड़ियाँ सुलगाती थी।
गीले आटे को तवे पर सेंकने के लिए,
साँसें जलाती थी माँ।

पर बरसात में न साँसें चलतीं,
न धौंकनी काम आती।
हवा उतारी भी,
तो क्या कर लेगी?
बुरादे की नमी
ज़िद थाम के बैठी है,
लकड़ियाँ हैं, कि जलती ही नहीं।

तब लकड़ी का कोयला,
मिट्टी की सिगड़ी में जलाती थी माँ।
कोयला, जो गयी गर्मी में,
अधजली लकड़ी को
बुझाकर जुटाया गया था;
उसके राख होने से खूब पहले।

जाने क्यों रूठ के बैठी है अब,
गीले बुरादे की तरह?

सूखे मौसम में,
जला जाता हूँ मैं।
अंजुली में पानी भर के छिड़कती क्यों नहीं?
कोयला राख हो गया तो, भूख बच्चों की
कैसे बुझाएगी,
अबकी बरसात में तू?

Mother

Extending your hands from sky,
You touch me at a distance.
No longer you insist,
Asking me to change my uniform,
Or finish my food.

Walking along stray strides
Of my friends,
I have come afar.
I ponder, if you will beacon me,
If you'd ask me to return.
Why don't you say,
Come back home
That the sun is set?

Been with you for years,
Tormented you with complaints,
Behaved unyielding,
You too can behave that way,
Stubborn like a child,
And equally complaining
I won't complain...
Be with me for just a few days,
I have a big house that looks unf
And you know why.

Abir Anand

Unfortunate are the parents,
Whose wrinkles seek their children.
But how about the children
Whose parents have abandoned them?

माँ

बस दूर से छूती हो तुम, आसमाँ से हाथ देकर।
अब नहीं कहतीं,
चलो कपड़े बदल लो,
खाना खा लो।

कितनी दूर चला आया हूँ मैं,
आवारगी में दोस्तों की?
सोचता हूँ... कब पुकारोगी मुझे।
कब भला, वापस बुला लोगी मुझे?
अब क्यों नहीं कहतीं,
कि शाम ढल चुकी है, घर चलो?

कितने सालों तक रहा मैं घर तेरे?
कभी ज़िद, कभी शिकवा,
कभी गुस्सा किया होगा।
तू भी कर लेना, मुझे मंजूर होगा।
चार दिन, मेरे भी घर तू रहके देख।
बड़ा है घर मेरा, पर छोटा है, तू जानती है क्यों।

बदनसीब होते, हैं माँ बाप वे,
बुढ़ापे में जिन्हें बच्चे नहीं हैं साथ रखते।
पर उन बच्चों का क्या?
जिनके साथ को माँ–बाप,
खुद इनकार कर देते हैं।